MW01602491

El espíritu de Xólotl

Carrie Toth

SOMEWHERE
TO SHARE

El espíritu de Xólotl
Spanish Language Consultants: Nelly Andrade-Hughes, Marta Ruiz Yedinak
Cover Designers: Juan Torres
Graphic Designer: Juliette Hernández
Illustrator: Juan Torres
Back cover image: Juan Torres

Printed in USA
Print date: 10-01-2025
ISBN 978-1-967132-00-3

A Note to the Reader

This comprehension-based reader is based on fewer than 150 unique words in Spanish. It contains a manageable amount of vocabulary and numerous cognates (words that are similar in two languages), making it an ideal read for novice-high language students.

All vocabulary is listed in the glossary at the back of the book. Footnotes are used for terms that are used infrequently in this book, that are above a novice-high proficiency level, or that require additional explanation.

We hope you enjoy this incredible story while increasing your FLUENCY in Spanish!

About the Author

Carrie Toth has been teaching high school Spanish since 1994 in rural southern Illinois and holds an MA in Spanish Education. A National Board Certified Teacher in World Languages, Carrie has been Teacher of Year for both the state of Illinois and the Central States Region, and was a finalist for the 2015 ACTFL National Teacher of the Year. Carrie is passionate about bringing the culture of Spanish-speaking countries into her classroom and instilling a lifelong love of language in her students.

She presents at various local, state, regional, and national language conferences, helping teachers enhance cultural knowledge in the world languages classroom using acquisition-driven strategies and backward planning.

Other Comprehension-based TM readers by Carrie Toth include *Bianca Nieves, Bananas, Papálotl, La Calaca Alegre, 48 horas, Sostenible, Vector, and La hija del sastre.*

Core Verbs

ayudar	mirar
continuar	moverse
decidir	nadar
decir	necesitar
dormir	poder
escuchar	preguntar
estar	querer
explorar	reflejar
hablar	revelar
hay	ser
investigar	tener
jugar	ver

New Verbs

brillar
buscar
desaparecer
encontrar
esconderse
guiar
saber
sentirse
volver

What is an axolotl?

- An axolotl is a type of salamander that lives its whole life in the water.

- It comes from the lakes around Mexico City, especially Lake Xochimilco.

- Instead of breathing with lungs like most salamanders, axolotls have external gills—pink "feathery" branches that stick out from the sides of their heads.

- They are famous because they can regrow body parts like legs, tail, and even parts of their heart or brain.

- Their name comes from the Nahuatl language (atl = water, xólotl = monster or dog).

- They are sometimes called the "Mexican walking fish," but they are not fish—they are amphibians.

- Axolotls are endangered in the wild, but many live in labs, aquariums, and even as pets.

Índice

CAPÍTULO 1
Un pequeño ajolote

Xoli mira a sus amigos. Sus amigos están jugando en las aguas del lago de Xochimilco. El lago de Xochimilco está en México. El lago era[1] parte de la vieja civilización mexica.

Xoli admira a sus amigos. Son cómicos. Son talentosos. Son extrovertidos. Los amigos de Xoli son fenomenales, pero... Xoli no se siente fenomenal. Xoli se siente diferente.

—Xoli, ¿por qué no juegas con tus amigos? —exclama Juana Salamandra.

—Sí, Xoli. ¿Por qué no juegas con tus amigos? —exclama Diana Salamandra.

---

[1]era -was

—Quiero jugar —responde Xoli—, pero no quiero jugar.

—¿Qué? —le pregunta Diana—. ¿Por qué no quieres jugar?

—Quiero jugar, pero también me quiero esconder[2] —le responde Xoli—. Quiero estar solo.

—¡Xoli! ¡Necesitas jugar con tus amigos! —exclama Juana.

Xoli quiere jugar, pero es introvertido. No juega con sus amigos. Diana y Juana juegan más con sus amigos y Xoli los observa. Sus amigos son fenomenales. Xoli no comprende por qué se siente diferente. ¿Por qué no es una salamandra como Juana y Diana? ¿Por qué no es extrovertido?

Xoli observa el juego. Observa el juego, pero no observa que hay una tortuga a la distancia. La tortuga nada hacia Xoli. La tortuga es vieja. Es don[3] Guil. don Guil es muy importante en la comunidad del lago de Xochimilco. Las criaturas del lago respetan mucho a don Guil.

---

[2]*esconder -to hide*
[3]*don-respectful term that is used before a masculine first name*

—Hola, Xoli —dice don Guil—. ¿Por qué estás solo?¿Te estás escondiendo?

—Hola, don Guil —responde Xoli—. Sí, me estoy escondiendo.

Don Guil y Xoli observan el juego en silencio. Don Guil mira a Xoli. Don Guil comprende por qué Xoli no quiere jugar con sus amigos. Don Guil le dice:

—Xoli, también soy introvertido. También me escondo. ¿Ves mi caparazón[4]? Me escondo en el caparazón cuando quiero estar solo.

Xoli mira a la tortuga y le responde:

—Me escondo porque soy diferente, don Guil. No soy como las salamandras. Mire a mis amigos. Son cómicos. Son talentosos. Son muy extrovertidos. Me siento diferente. Me siento inusual.

Don Guil mira a Xoli. Don Guil es muy inteligente. Quiere confortar a Xoli.

—Xoli, también me siento diferente. Soy diferente, pero me siento especial. ¡Soy una tortuga vieja! Mi caparazón tiene muchas algas. Es diferente de los caparazones de las otras tortugas, pero para mí, es especial. Tú también te sientes diferente, pero eres especial. Tú no eres una salamandra. Eres un ajolote y los ajolotes tienen una historia misteriosa.

---

[4]*caparazón-shell*

Tienen una historia mágica.

—¿Mi historia es misteriosa? —pregunta Xoli—. ¿Por qué es mágica?

La tortuga mira al ajolote. La historia misteriosa del origen de la familia de Xoli es increíble.

—Xoli, las otras salamandras son talentosas. Son cómicas y muy extrovertidas. Pero... no son ajolotes. No tienen una historia misteriosa como tú. Solo los ajolotes tienen una historia mágica. Tú eres muy especial.

Xoli está confundido. ¿Es especial? ¿Cómo es posible? Quiere que don Guil continúe con su historia.

CAPÍTULO 2

La leyenda de Xólotl

Don Guil flota enfrente de Xoli. Mira a Xoli y le dice:

—Tu origen es muy interesante y muy misterioso. Eres un descendiente del dios Xólotl.

Xoli mira a don Guil. Está confundido. ¿Su ancestro es un dios?

—¿Mi ancestro es un dios? ¿Cómo es posible?

—Hay una leyenda, Xoli. La leyenda dice que, en el pasado, los dioses aztecas formaron el sol y la luna. Los dioses querían iluminar el sol. Los dioses formaron un fuego. Querían entrar en el fuego. Iban a morir[1], pero era muy importante iluminar el sol. Querían iluminar el sol con el fuego.

---

[1]iban a morir - *they were going to die*

Querían sacrificarse para iluminar el sol... pero un dios no quería entrar. El dios era Xólotl. Xólotl no quería morir.

Xoli mira a don Guil. ¡Un dios no quería entrar en el fuego! Su ancestro no quería morir.

–Pero don Guil, ¿por qué Xólotl no quería morir?

Don Guil le responde:

–Xólotl era un dios especial. Xólotl era un guía. Guió a los muertos a la tierra de los muertos. Xólotl se escapó porque quería guiar a los muertos a la tierra de los muertos[2]. ¡No quería abandonarlos! Quería ayudar a las personas a entrar a la tierra de los muertos.

Xoli está impresionado. Xólotl no quería abandonar a los muertos. Quería guiarlos a la tierra de los muertos. Le pregunta a don Guil:

–¿Cómo escapó Xólotl?

–Se convirtió en un perro para esconderse, pero los otros dioses lo encontraron. Entonces se convirtió

---

[2]*la tierra de los muertos-the land of the dead*

en una planta y los dioses lo encontraron. Al final, se convirtió en ajolote. Rápidamente, creó[3] otros ajolotes. Entró en el agua con los otros ajolotes. Xólotl se escondió en el lago con los otros ajolotes.

–¿Los otros dioses encontraron a Xólotl? –pregunta Xoli.

–Sí, Xoli. Los otros dioses encontraron a Xólotl y Xólotl desapareció. En un momento estaba en el agua, y en otro momento… ¡no lo encontraron! Xólotl continuaba guiando a los muertos a la tierra de muertos, pero los otros dioses no lo encontraban. Dicen que los ajolotes tienen el espíritu del dios que no quería morir.

Xoli está fascinado. ¡Quiere más información!

–¿Yo tengo el espíritu del dios que no quería morir?

Xoli decide investigar. Decide investigar el misterio. ¿Es verdad que su ancestro era un dios?

---

[3]*creó-he created*

CAPÍTULO 3

La voz en las olas

Xoli no sabe dónde investigar. No sabe con quién hablar. Decide volver[1] a su casa. Su mamá es una ajolote muy inteligente. Su mamá sabe mucho. ¿Su mamá sabe la leyenda de Xólotl?

–Yo voy a mi casa. Quiero hablar con mi mamá. Es probable que mi mamá tenga información. Mi mamá sabe mucho. Es muy inteligente. Gracias, don Guil.

–¡Buena fortuna, Xoli!

Xoli va hacia su casa cuando, de repente, ve olas en el agua. Hay muchas olas. Xoli está nervioso. ¿Hay un predador en el agua? ¿Hay humanos en el agua?

Xoli no quiere investigar las olas. No quiere problemas.

Quiere volver a su casa para esconderse y para hablar con su mamá.

De repente, Xoli escucha una voz. Es una voz suave. La voz es melódica. La voz dice:

> *Si buscas a un dios, busca a solas.*
> *No en la tierra, busca en las olas.*
> *En el agua hay un secreto viejo*
> *donde ves la luna y su reflejo.*

Xoli está nervioso. ¿Quién habla? ¿De quién es la voz suave y melódica?

–¿Quién es usted? –pregunta Xoli.

–Yo soy un espíritu. Soy un espíritu del lago de Xochimilco. Soy un espíritu del agua.

–¿Un espíritu del agua? Tengo muchas preguntas. Tengo preguntas sobre el dios Xólotl –exclama Xoli con entusiasmo.

–Xoli, no puedo revelar los secretos del agua. Tú necesitas buscar la verdad. Escucha mi rima y busca la verdad.

El espíritu repite la rima y Xoli también la repite.

Si buscas a un dios, busca a solas.
No en la tierra, busca en las olas.
En el agua hay un secreto viejo
donde ves la luna y su reflejo

Xoli quiere hablar más con el espíritu del agua. Quiere información. Quiere saber más sobre el espíritu y sobre el dios Xólotl... pero las olas desaparecen. El espíritu desaparece. Xoli está solo en el agua.

CAPÍTULO 4
La luna en el agua

oli decide que no quiere volver a su casa. Quiere hablar con su mamá, pero el espíritu dice que necesita investigar solo. Está nervioso. Quiere investigar, pero… no quiere investigar solo. No quiere investigar solo, pero quiere la verdad.

—Necesito investigar este misterio —exclama Xoli—. Necesito investigar el misterio solo.

Xoli está nervioso, pero también es muy curioso.

—¿Dónde se refleja la Luna? —le pregunta Xoli al espíritu, pero el espíritu no le responde. Xoli está completamente solo. Está MUY nervioso porque está solo en las aguas del lago de Xochimilco.

Xoli decide nadar. Es muy pequeño y el lago de

Xochimilco es enorme. El pequeño ajolote nada, nada y nada.

A la distancia, Xoli ve un reflejo. ¿Es la Luna? Xoli nada y nada hacia el reflejo, pero... tiene un problema. Xoli está exhausto. Está nadando cuando, de repente, se duerme. ¡Se duerme porque está exhausto!

—Hijo[1] de Xólotl...

Xoli está confundido. ¿Quién habla?

—Hijo de Xólotl, ¿qué buscas?

Xoli observa y ve el reflejo de la Luna en el agua.

¿La Luna habla? ¿La Luna quiere revelarle el secreto de sus ancestros? Xoli decide hablar con la Luna.

—Doña[2] Luna, ¿es usted? ¡Estoy muy confundido!

—Hijo de Xólotl, eres muy valiente.

---

[1]*Hijo - son*
[2]*Doña - respectful term that is used before a feminine first name*

Nadas y nadas buscando la verdad.
Te quiero revelar un secreto.

—¿Usted conoce la leyenda de Xólotl, doña Luna? —le pregunta Xoli.

—Paciencia, pequeño ajolote. Yo conozco[2] la leyenda de Xólotl, pero no te la puedo revelar. Tienes que buscar al sabio ajolote[3]. El sabio ajolote tiene la información que buscas.

—¿Dónde está el sabio ajolote? ¿Cómo puedo hablar con el sabio ajolote? —pregunta Xoli.

La Luna brilla en el agua. La Luna mira al pequeño ajolote y le dice:

—Xoli, el sabio ajolote está en otra parte del lago de Xochimilco. Está en las ruinas mexicas. Las ruinas están hundidas[4].

Necesitas nadar una gran distancia. Necesitas ser muy valiente. Si quieres la verdad, necesitas

---

[2]Yo conozco - I know
[3]sabio ajolote - wise axolotl
[4]hundidas - sunken
[5]ranas peligrosas - dangerous frogs

pasar por la tierra de las ranas peligrosas[5].

En este momento, Xoli está confundido. ¿Dónde está? ¿Se durmió? ¿Dónde está la Luna? ¿Era real?

CAPÍTULO 5

Las ranas peligrosas

oli está nervioso. Necesita pasar por la tierra de las ranas peligrosas. Xoli quiere volver a su casa. Quiere estar con su familia, pero… también quiere encontrar al sabio ajolote.

Xoli nada y nada… Es difícil nadar porque el agua no es clara. Es de color café. Xoli no puede ver bien. Hay muchos sonidos inusuales en el agua. Xoli está nervioso… ¿Son las ranas? De repente, Xoli escucha un sonido muy inusual.

—¿Quién eres? —exclama Xoli—. ¿Dónde estás?

Xoli decide nadar más rápido. Quiere escapar de la tierra de las ranas peligrosas. Quiere esconderse.

En este momento, Xoli ya no puede nadar. No puede moverse.

¡Está atrapado! Hay una red[1] enorme en el agua y Xoli está atrapado en la red. Xoli está nervioso. No quiere estar atrapado en la red. No quiere ver a las ranas peligrosas.

—Ñam, ñam, ñam —dice una voz—. ¿Qué hay en la red? ¿Es mi cena[2]?

—Ñam, ñam, ñam —dice otra voz—. No, no es tu cena... Es MI cena.

---

[1]*red- net*
[2]*cena - dinner*

Xoli ve que un grupo de ranas está mirándolo. ¡Son las ranas peligrosas! Xoli ve el reflejo de la Luna en sus ojos. Tienen ojos[3] enormes. Sus ojos brillan. ¡Qué horror!

—No soy su cena. ¡Soy un ajolote! —exclama Xoli.

—Un ajolote delicioso —dice una de las ranas—. ¡Una cena deliciosa!

Xoli quiere escapar de la red, pero no puede moverse. Las ranas se mueven hacia Xoli. Lo van a atacar. ¡No quiere ser cena de rana!

En este momento, la red se mueve. Xoli está nervioso. ¿Una rana lo va a atacar?

—¡Un ajolote! —dice un muchacho humano—. ¿Tienes un problema, pequeño?

El muchacho mueve la red. Cuando el muchacho mueve la red, Xoli puede moverse. Xoli puede escapar. Rápidamente, Xoli nada y nada. Nada

_____

[3]*ojos - eyes*

para escapar de las ranas peligrosas.

—¡Hasta luego, ajolote! —exclama el muchacho.

Xoli no le responde. Xoli solo nada y nada. Cuando el agua es más clara, Xoli ve una cueva[4]. No puede nadar más. Necesita dormir en la cueva. Nada hacia la cueva.

Cuando entra a la cueva, Xoli dice:

—¿¡Hola!?

Xoli no escucha nada. La cueva está abandonada. Xoli se esconde en la cueva.

Xoli se dice:

—¿Por qué el muchacho me ayudó? ¿Puedo encontrar al sabio ajolote yo solo?

---

[4]*una cueva - a cave*

CAPÍTULO 6

Un humano en problemas

Xoli duerme por muchas horas. Está exhausto. ¡Escapó de las ranas peligrosas y de la red!

Duerme mucho y, finalmente, Xoli tiene energía. No necesita dormir más. ¡Tiene mucha energía! Quiere continuar su misión. Quiere buscar al sabio ajolote.

De repente, Xoli escucha un sonido inusual. El agua se mueve. Hay pequeñas olas en el agua. ¿Son las ranas peligrosas? Xoli está nervioso.

Entonces, Xoli escucha otro sonido. Es la voz de una persona. La voz exclama:

—¡Ay, no! ¡NOOOOO!

Xoli abandona la cueva y busca a la persona.

¿Por qué la persona dice: «¡NOOOO!»?

La persona está mirando el agua. ¡La persona es el muchacho que movió la red! Es la persona que ayudó[1] a Xoli.

En este momento, Xoli ve un objeto brillante. El objeto está en el agua. El objeto no flota. Es obvio que la persona busca el objeto brillante.

Xoli nada. Nada muy rápido. Quiere el objeto brillante. Quiere ayudar a la persona. Nada y nada.

El objeto se mueve por el agua. Xoli necesita nadar rápido para atrapar el objeto, pero... Xoli es un ajolote talentoso. Nada muy, MUY rápido hacia el objeto.

Cuando Xoli tiene el objeto, lo atrapa. Necesita volver con el muchacho. ¡El muchacho va a estar muy contento cuando vea el objeto!

—¡Mi colgante[2]! —exclama el muchacho cuando ve a Xoli con el objeto brillante—.

---

[1]*ayudó - helped*
[2]*colgante - pendant*

¡Tienes mi colgante! ¡Gracias, amigo!

Xoli no puede hablar con el muchacho, pero se mueve mucho en el agua. Se mueve para comunicarle que está contento. Está contento porque ayudó al muchacho. Le pasa el colgante al muchacho. Cuando el muchacho tiene el colgante, Xoli lo ve... ¡Ve el reflejo de la luna! ¡El colgante es especial!

—Me ayudaste mucho, ajolote. Eres un ajolote especial. Gracias.

Xoli está MUY contento. El muchacho dice que es especial. Quiere ser un ajolote especial.

CAPÍTULO 7

El secreto de Xólotl

nfrente de Xoli hay ruinas. Son ruinas mexicas hundidas. Son ruinas hundidas de Tenochtitlán, la capital mexica. Xoli nada hacia las ruinas. Quiere buscar al sabio ajolote en las ruinas.

Las ruinas son viejas. Son enormes y muy, muy viejas. Xoli ve el reflejo de la Luna en el agua. La Luna brilla en las ruinas. Xoli repite la rima del espíritu del agua:

Si buscas a un dios, busca a solas.
No en la tierra, busca en las olas.
En el agua hay un secreto viejo
donde ves la luna y su reflejo.

—La Luna se refleja en las ruinas —dice Xoli—. Quiero buscar al sabio ajolote en las ruinas mexicas.

Xoli nada. Hay columnas inclinadas en el agua. Hay algas en las columnas. Xoli nada hacia las columnas y ve muchas viejas inscripciones. En las inscripciones, Xoli ve animales y ve dioses. Ve un perro con una planta y un ajolote. ¿Esta inscripción representa al dios Xólotl?

Xoli continúa explorando las ruinas cuando, de repente, escucha un sonido:

—¿Qué buscas, pequeño ajolote?

—Busco al sabio ajolote. ¿Es usted el sabio ajolote?

En este momento, Xoli ve un ajolote muy viejo. El ajolote está en una caverna en las ruinas. El ajolote nada hacia Xoli y le dice:

—Buscas a un dios, ¿no?

Xoli está impresionado. ¿Cómo sabe el sabio ajolote que busca a un dios?

El sabio ajolote continúa diciendo:

—¿Sabes quién eres, pequeño ajolote?

Xoli no sabe quién es. Xoli le responde:

—No, no sé quién soy. Sé que soy diferente, pero no sé quién soy. ¿Soy especial? ¿Soy descendiente de Xólotl?

El sabio ajolote mira a Xoli. Xoli ve un objeto

brillante. Xoli mira el objeto y ve el reflejo de la Luna en el objeto. ¡Es el colgante! ¡El sabio ajolote tiene el colgante!

—¿Usted es… el muchacho, don Ajolote?

—Xoli, tienes muchas preguntas. ¿Quieres saber si eres descendiente de Xólotl?

—Sí —le responde Xoli—. Quiero saber si soy descendiente de Xólotl.

El sabio ajolote continúa:

—Xólotl es un dios. No desapareció. Está en el lago. Está en los ajolotes. Tienes la memoria de Xólotl y también tienes su espíritu. Xólotl quería ayudar a los muertos. Quería ayudarles a entrar a la tierra de los muertos. Tú también puedes ayudar a las personas. Tienes el espíritu de Xólotl.

—¿Tengo el espíritu y la memoria de Xólotl en mí? Soy pequeño e insignificante. Soy diferente. ¿Cómo es posible que yo sea especial?

El sabio ajolote mira a Xoli. La Luna brilla y el agua se mueve. El sabio ajolote le dice:

—Xoli, ser pequeño no significa que eres insignificante. Ser diferente no significa que estás solo. Tú eres especial tal y como eres[1], pequeño ajolote. Puedes ayudar a muchas personas y a muchas criaturas.

Xoli se siente contento. El sabio ajolote dice que puede ayudar a muchas personas y a muchos animales. Dice que es especial tal y como es.

En este momento, Xoli quiere volver a su casa. Tiene una misión. Necesita ser como Xólotl. No necesita esconderse, necesita ayudar a las otras criaturas del lago. No es insignificante. No es inusual. Es importante y especial porque tiene el espíritu de un dios. Tiene el espíritu de un guía.

—Gracias, don... —Xoli mira la caverna y ve que el ajolote desapareció.

Xoli decide volver a su casa. Quiere jugar. Quiere jugar con sus amigos. Quiere ayudarles cuando tengan problemas. No quiere esconderse.

Xoli sabe quién es. ¡Es un descendiente de Xólotl! Tiene un espíritu valiente.

---

[1]tal y como eres - just as you are

Glosario
Glossary

Aa

a: to, at
abandona: abandon
abandonada: abandoned
abandonar: to abandon
abandonarlos: to abandon them
admira: admires
agua(s): water
ajolote(s) axolotl(s)
al: to the, at the
algas: algae
amigo(s): friend(s)
ancestro(s): ancestor(s)
animales: animals
atacar: to attack
atrapa: to trap, to catch
atrapado: trapped, caught

atrapar: to trap
ay: oh
ayudar: to help
ayudarles: to help them
ayudaste: you helped
ayudó: helped

Bb

bien: well, fine
brilla: sparkles, shines
brillan: they sparkle, they shine
brillante: shiny, brilliant
busca: looks for
buscando: looking for
buscar: to look for
buscas: you look for
busco: I look for

Cc

café (de color café): brown colored

caparazón: shell

caparazones: shells

capital: capital

casa: house

caverna: cavern

cena: dinner, supper

civilización: civilization

clara: clear

colgante: pendant

color: color

columnas: columns

cómicos(as): funny, comical

como: like, as

cómo: how

completamente: completely

comprende: understands

comunicarle: to communicate

comunidad: community

con: with

confortar: to comfort

confundido: confused

conoce: knows

conozco: I know

contento: content

continúa: continues

continuaba: continued

continuar: to continue

continúe: continues

convirtió: converted

crearon: they created

creó: he created

criaturas: creatures

cuando: when

cueva: cave

curioso: curious

Dd

de: from, of, about

decide: decides

del: from the, of the

delicioso(a): delicious

desaparece: disappears

desaparecen: they disappear

desapareció: disappeared

descendiente: descendant

dice: says

dicen: they say

diciendo: saying
diferente: different
difícil: difficult
dios(es): god(s)
distancia: distance
don: a respectful term that is used before a first masculine name
doña: a respectful term that is used before a first femenine name
donde: where
dónde: where
dormir: to sleep
duerme: sleeps
durmió: slept

Ee

el: the
en: in

encontraban: they encountered, they found
encontrar: to encounter, to find
encontraron: they encountered, they found
energía: energy
enfrente: in front
enorme(s): enormous
entonces: then
entra: enters
entrar: to enter
entró: entered
entusiasmo: enthusiasm
era: was, used to be
eres: you are
es: is
escapar: to escape
escapó: escaped
esconde: hides
esconder: to hide
esconderse: to hide

escondió: hid
escondo: I hide
escucha: listens to
especial: special
espíritu: spirit
espiritual: spiritual
esta: this
está: is
estaba: was
están: they are
estar: to be
estás: you are
este: this
estoy: I am
exclama: exclaims
exhausto: exhausted
explorando: exploring
extrovertido: extroverted
extrovertidos(as): extroverted

F f

familia: family
fascinado: fascinated
fenomenal(es): phenomenal
final: final
finalmente: finally
flota: floats
formaron: they formed
fuego: fire

G g

gracias: thank you
gran: great
grupo: group
guía: guide
guiaba: guided

guiando: guiding
guiar: to guide
guiarlos: to guide them

H h

habla: talks, speaks
hablar: to talk, to speak
hacia: toward
hasta luego: see you later
hay: there is, there are
hijo: son
historia: story, history
hola: hello
horas: hours
horror: horror
humano(s): human(s)

hundidas: sunken

I i

iban: they were going
iluminar: to iluminate, to light
que **iluminaran:** that they illuminate
importante: important
impresionado: impressed
inclinadas: inclined
increíble: incredible
información: information
inscripción: inscription
inscripciones: inscriptions

insignificante: insignificant
inteligente: intelligent
interesante: interesting
introvertido: introverted
inusual(es): unusual
investigar: to investigate

Ll

la: the, it, her
lago: lake
las: the, them
le: to a person, for a person
leyenda: legend
lo: it, him
los: the, them
hasta **luego:** see you later
luna: moon

Jj

juega: plays
juegan: they play
juegas: you play
juego: I play
jugando: playing
jugar: to play

Mm

mágica: magic
mamá: mom
más: more
me: to me, for me
melódica: melodic

memoria: memory
mexica(s): Aztecs
México: Mexico
mi: my
mí: me
mira: look
mirando: looking
mirándolo: looking at him
mire: look
mis: my
misión: mission
misterio: mystery
misterioso(a): mysterious
momento: moment
morir: to die
moverse: to move
movió: moved
muchacho: boy
mucho(a): a lot, many
muchos(as): a lot, many
muertos: dead
mueve: move

mueven: they move

muy: very

Nn

nada: swims, nothing

nadando: swimming

nadar: to swim

nadas: you swim

ñam: yum

necesita: needs

necesitas: you need

necesito: I need

nervioso: nervous

no: no

Oo

objeto: object

observa: observes

observan: they observe

obvio: obvious

ojos: eyes

olas: waves

origen: origin

otro(a): other, another

otros(as): others, another

Pp

paciencia: patience

para: for

parte: part

pasa: passes

pasado: past

pasar: to pass

peligrosas: dangerous

pequeñas: small

pequeño: small

pero: but

perro: dog

persona: person

personas: people

planta: plant

por: for, through

por qué: why

porque: because

posible: possible

predador: predator

pregunta(s): question(s)

probable: probable

problema(s): problem(s)

puede: can

puedes: you can

puedo: I can

Qq

qué: what
que: that
quería: wanted
querían: they wanted
quién: who
quiere: wants
quieres: you want
quiero: I want

Rr

rana(s): frog(s)
rápidamente: quickly
rápido: fast
real: real
red: net
refleja: reflects

reflejo: reflection
de **repente:** suddenly
repite: repeats
representa: represents
respetan: they respect
responde: responds
revelar: to reveal
revelarle: to reveal
rima: rhyme
ruinas: ruins

Ss

sabe: knows
saber: to know
sabes: you know
sabio: wise, knowledgeable

sacrificarse: to sacrifice oneself
salamandra(s): salamander(s)
se: to or for oneself
sé: I know
que yo **sea:** that I am
secreto(s): secret(s)
ser: to be
sí: yes
si: if
siente: feels
sientes: you feel
siento: I feel
significa: means
silencio: silence
sobre: about
sol: sun
a **solas:** alone
solo: alone
son: they are
sonido(s): sound(s)
soy: I am
su(s): his, hers, their

suave: soft

T t

tal y como eres: just as you are
talentoso: talented
talentosos(as): talented
también: also, too
te: to or for you
que **tenga:** that she has
que **tengan:** that they have
tengo: I have
tenían: they had
Tenochtitlán: the capital of the Aztec empire from 1325-1521
tiene: has
tienen: they have

tienes: you have
tierra: land
tortuga(s): turtle(s)
tu(s): your
tú: you

U u

un: a, an
una: a, an
usted: you (formal)

V v

va: goes
valiente: valient
van: they go
ve: sees
vea: he sees
ver: to see
verdad: true,

the truth
ves: do you see
viejas: old
viejo(a): old
vieron: they saw
volver: to return
voz: voice

X x

lago **de Xochimil-co:** lake in Mexico City
Xólotl: Aztec god of lightning, death, and fire

Y y

ya no: no longer
yo: I

¡A colorear!

EL ESPÍRITU DE XÓLOTL

el ESPIRITU de XÓLOTL

EL ESPÍRITU DE XÓLOTL

EL ESPÍRITU DE XÓLOTL

EL ESPÍRITU DE XÓLOTL

Also available on Somewheretoshare.com Huellas: Intermediate Spanish Curriulum

huellas

Deja tu huella en el mundo

Also available on Somewheretoshare.com Empreintes: Growing Bundle of Intermediate French Units

empreintes
Laisse ton empreinte sur le monde

Made in the USA
Columbia, SC
20 December 2025